D1150106

RETROUVEZ

DANS LA BIBLIOTHÈQUE ROSE

Note de l'éditeur : le titre « Sans dessus dessous »
est volontairement orthographié tel.

© 2005 - MARATHON - MYSTERY ANIMATION INC.
TOTALLY SPIES et tous les logos, noms et caractéristiques
qui y sont associés sont une propriété exclusive de
MARATHON ANIMATION. Tous droits réservés.

Série créée par Vincent Chalvon-Demersay & David Michel.

© Hachette Livre, 2005, pour la présente édition.
Novélisation : Vanessa Rubio.

Hachette Livre, 43, quai de Grenelle, 75015 Paris.

Sans dessus dessous

Sam

Cheveux : roux
Couleur préférée : le vert
Sa phrase fétiche : « Bizarre, bizarre…
Bon, récapitulons… »
Qualités : Beaucoup de logique et
un grand sens pratique, c'est souvent
elle qui trouve la clé de l'énigme.
Le petit + : Sam est le cerveau du
groupe. Même en pleine crise, elle
garde les pieds sur terre !

Alex

Cheveux : bruns
Couleur préférée : le jaune
Sa phrase fétiche : « T'en fais pas, on est
là, nous ! »
Qualités : Sensible et attentionnée,
elle est toujours prête à aider ses amies.
Le petit + : Alex est la plus jeune des
Spies, elle est timide et maladroite, mais
tellement adorable !

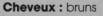

Clover

Cheveux : blonds

Couleur préférée : le rouge

Sa phrase fétiche :
« Je crois que je suis encore tombée amoureuse ! »

Qualités : Sportive et bagarreuse, elle est toujours partante pour une nouvelle mission !

Le petit + : Clover ne pense qu'à la mode et aux garçons, elle est un peu fofolle, mais on lui pardonne !

Jerry

Sa phrase fétiche :
« Bienvenue au WOOHP, les filles ! »
Qualités : Il a toutes les qualités, forcément, c'est lui le chef !
Le petit + : À chaque mission, il arme les Spies d'une panoplie de gadgets super utiles : crème bronzante paralysante, com-poudrier, sac à dos-parachute...

Mandy

Sa phrase fétiche :
« Bas les pattes, Clover ! »
Qualités : Aucune, c'est une vraie peste, odieuse et prétentieuse !
Le gros - : Elle pique tous les petits copains de Clover. C'est son ennemie jurée !

Bonjour, c'est Clover qui vous parle en direct de la nouvelle villa des Spies, au cœur du quartier le plus branché de Beverly Hills ! Je suis actuellement en train de faire trempette dans notre super jacuzzi, face à la mer. Vous vous demandez sans doute ce que fait une fille de mon âge dans une villa de grand luxe. Eh bien, c'est très simple, pendant que nos parents sont en voyage en Europe, ils ont accepté que Sam, Clover et moi, nous habitions ensemble. Génial, non ? Mais ne croyez pas que notre vie soit si facile car, en plus des cours au lycée, des après-midi shopping et des soirées ciné, mes amies et moi, nous travaillons pour le WOOHP, une organisation secrète de protection des humains. Au moment où je vous parle, Jerry, notre chef, peut très bien me donner l'ordre de quitter mon bain à bulles pour aller arrêter un maniaque à l'autre bout du monde. Trop cruel, n'est-ce pas ? Pourtant j'adore cette vie trépidante. Avec mes amies, nous formons une équipe formidable. Alex est un peu tête en l'air, mais elle est adorable et très douée en arts martiaux. Sam connaît tout sur tout. Du coup, elle s'y croit un peu, mais ça ne me dérange pas car, en réalité, la vraie star de ce trio de choc, c'est moi ! D'ailleurs, au cours de notre dernière mission, j'ai sauvé la planète. Si, si, je vous le jure...

Chapitre 1

11h15

Beverly Hills, nouvelle villa des Spies

— Waouh ! C'est chez nous, ça ?

En découvrant notre nouvelle villa avec piscine et jacuzzi, Alex a ouvert des yeux ronds comme des soucoupes.

— Eh oui ! ai-je confirmé. Deux cents mètres carrés, rien que pour nous ! En plus, nous sommes dans un quartier super branché. Je parie que tous nos voisins sont des stars.

— Allez, à trois, on ouvre la porte ensemble, a décidé Sam. Un… deux… trois !

Et là, nous sommes restées bouche bée. Un salon immmmmense (je mets cinq « m », parce que ça les vaut bien !) avec un aquarium gigantesque rempli de poissons tropicaux, une chaîne stéréo dernier cri pour faire de super fêtes et de longues banquettes en cuir violet, la couleur la plus tendance du moment !

— C'est trop cool !

Nous avons sauté en l'air en criant d'une seule voix :

— Amies pour la vie !

J'ai poursuivi ma visite en montant au premier étage.

— Hé, les filles, venez voir la salle de bains ! Quel miroir, je suis sûre que même Madonna n'en a pas un aussi grand.

Alex s'est approchée de la baignoire, l'air inquiet.

— Il y a un problème : on ne peut pas prendre un bain là-dedans, c'est plein de petits trous !

J'ai levé les yeux au ciel.

— Mais non, ne sois pas bête, c'est un bain à bulles !

Sam a ouvert la fenêtre.

— Oh, le rêve ! En plus, la terrasse donne sur la mer !

Mais nous n'avions pas encore vu les chambres…

Nous avons poussé une porte, et là, ça a été l'hystérie totale.

Sous nos yeux ébahis se trouvait la chambre idéale : grande, claire, avec un lit à baldaquin orné de voilages blancs…

— Je l'ai vue la première ! a hurlé Alex.

— Non, c'est moi !

— Allons, allons, cette pièce est faite pour moi, ai-je affirmé. Je pourrais y ranger toute ma collection printemps-été-automne-hiver !

Sam ne l'entendait pas de cette oreille.

— Désolée, Clover, mais à la place de ta garde-robe, je verrais bien ma bibliothèque.

— Enfin, les filles, vous oubliez que j'ai besoin d'espace pour m'entraîner au Tae-kwon-do !

— Dans tes rêves, ai-je répliqué, si cette pièce savait parler elle crierait mon nom. Je vois déjà mes grands placards…

— Et moi, mon gigantesque bureau…, m'a coupée Sam.

Sur ce, je suis allée chercher un papier et un crayon.

— Assez de bla-bla, ai-je décrété, nous allons tirer au sort dans les règles de l'art.

J'ai mélangé les petits bouts de papier dans un chapeau que j'ai tendu à Alex.

Elle a pioché et, en dépliant son papier, elle a fondu en larmes (elle est vraiment trop sensible !).

— Clover, a-t-elle hoqueté.

Sam a pioché à son tour, puis a haussé les épaules.

— Pareil ! Bon, puisque le sort en a décidé ainsi… La chambre est à toi, Clover.

— YOUPIIIII ! Je vous jure que ma porte sera toujours grande ouverte pour vous, mes amies !

Mais, soudain, Sam a froncé les sourcils. Elle a fouillé dans le chapeau pour examiner les papiers qui restaient.

— Dis donc, c'est ça que tu appelles dans les règles ? Tu as écrit Clover partout, tricheuse !

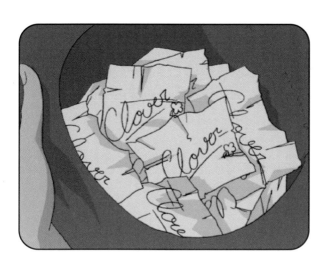

Heureusement, juste à ce moment-là, le sol s'est ouvert sous nos pieds. Sauvée par le gong !

Chapitre 2

12h10

Quartier général du WOOHP

Mais la dispute a continué alors que nous glissions sans fin dans les tunnels du WOOHP. Et elle s'est poursuivie alors que nous atterrissions en vrac sur la banquette du quartier général.

Sam était rouge de colère.

— Je te signale que, nous aussi,

on a toute une collection de vête-
ments, Clover !

— Oui, mais je te rappelle que,
nous aussi, on lit des livres, Sam !
ai-je répliqué.

— Tout à fait, a renchéri Alex.
Moi, par exemple, je fais fréquem-
ment mes exercices de Tae-kwon-
do en robe du soir, un livre à la
main.

Jerry a toussoté.

— Loin de moi l'idée d'interrompre ce passionnant débat philosophique, mais en comparaison des événements survenus à l'agence spatiale internationale, il me paraît secondaire.

Nous nous sommes arrêtées net. Et, tentant de retrouver un peu de dignité, nous nous sommes dirigées vers son bureau.

— Au moment du décollage, la navette Spacetron a été victime d'un étrange phénomène, nous a expliqué Jerry. Impossible de la faire atterrir ou de poursuivre le lancement. Elle est bloquée à quelques mètres du sol !

— Bizarre, très, très bizarre, a commenté Sam.

C'était la seule à écouter, Alex et moi, nous étions en train d'admirer le nouvel agencement du QG. Tout était neuf, en acier brossé et verre, avec des écrans géants extra-plats partout. Les portes étaient entièrement automatisées et il y avait même un tapis roulant au sol pour éviter de se fatiguer à marcher.

— Super, la déco ! a sifflé Alex.

— C'est hyper mode, j'adore ! me suis-je exclamée.

Jerry avait l'air tout gêné (c'est un grand timide, il devient écarlate dès qu'on lui fait un compliment).

— Hum, merci, les filles. Ravi que ça vous plaise.

À mi-voix, j'ai glissé à Alex :

— Si seulement il en avait profité pour se faire relooker…

Il faut vous dire que notre chef bien-aimé est un vrai désastre niveau look : il porte le même costume gris depuis des années, il est chauve et, comble de l'horreur, il a une petite moustache !

— Bien, a-t-il repris, pour cette mission, en plus de votre ceinture-câble élastique et de votre jet-sac à dos, nous vous avons réservé quelques petites merveilles technologiques.

— **Approchez-vous pour la pré-sentation des gadgets**, a annoncé une voix de robot.

J'ai sursauté.

— Qui a parlé ?

— Pas qui, mais quoi, a corrigé Jerry. Je vous présente Gladis. G-L-A-D-I-S : Gadget, Location, Assistance, Dépannage à Intelligence Synthétique.

Un gros machin en forme d'œuf, plein de petites lumières cligno-

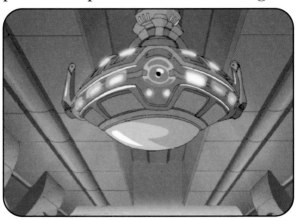

tantes, est descendu du plafond.

— Qu'est-ce que c'est que ça ? s'est étonnée Sam.

— Mon assistante robotique. Je l'ai personnellement mise au point, a affirmé notre chef, tout fier.

La voix de synthèse a chuchoté :

— Ça, c'est ce qu'il croit...

— Mais vous n'avez pas besoin d'assistante, ai-je protesté. On fait tout le boulot.

Jerry nous a prises à part :

— Chuut, vous allez la vexer ! Entre nous, j'ai l'impression que Gladis est douée d'une personnalité autonome.

Sam a levé les yeux au ciel.

— Allons, Jerry, les machines sont incapables de penser, d'éprouver des sentiments, de... Aïe !

Le robot avait déplié son bras mécanique pour lui flanquer un coup sur les fesses !

Jerry a vite changé de sujet :

— Poursuivons, voulez-vous. Alex, vous serez équipée d'une montre labo-scanner.

Gladis la lui a attachée au poignet avec ses bras de robot.

— Hi, hi ! Ça chatouille, a gloussé Alex.

— Sam, je vous confie le nec plus ultra des sèche-cheveux laser, le Tornado 9000, nom de code « Tempête capillaire ». Quant à vous, Clover, vous héritez d'une mini-chaîne à désintégrateur ultrasonique.

Sam a récupéré son sèche-cheveux, mais moi, le robot me tendait une simple lime à ongles.

— Euh… je crois que Gladis s'est emmêlé les circuits.

— J'ai dit une mini-chaîne à désintégrateur ultrasonique ! a répété Jerry.

— **Négatif !**

Il est devenu menaçant :

— Ne me tenez pas tête, Gladis. Je vous ai connectée, je peux très bien vous déconnecter !

— **Négatif encore. Je me suis connectée toute seule au système informatique central du WOOHP, c'est moi qui commande tout désormais.**

— C'est ce qu'on va voir !

J'envoie les filles en mission et je m'occupe de vous, Gladis.

Notre Jerry, il ne faut pas l'énerver !

— Bon, mesdemoiselles, où en étions-nous ? Ah oui, vous aurez également un lance-mouchard télescopique à identification longue portée : attention, il est réglé pour se déclencher au contact de votre salive uniquement. Enfin, j'ai le plaisir de vous annoncer que nous avons apporté quelques améliorations à vos com-poudriers. Je vous laisse découvrir ça.

Le com-poudrier est notre accessoire fétiche : téléphone portable, mini-ordinateur, appareil photo… il fait absolument TOUT. Je me suis empressée d'essayer cette nouvelle version, en appuyant sur le

bouton « Habillage express ». Et
je me suis trouvée rhabillée des
pieds à la tête.

— Super, regarde, je suis en
commandant de bord !

— Et moi, en chevalier ! a
annoncé Sam.

Alex sautillait sur place.

— J'suis un mignon p'tit lapin rose.

Nous avons essayé toutes les tenues possibles et imaginables : princesse, hôtesse de l'air, policière, top-model… mais, au bout d'un moment, le com-poudrier a décidé de nous revêtir de nos combinaisons de Spies.

— Hé, qu'est-ce qui se passe ? ai-je protesté. Je voulais essayer une robe de mariée.

— Désolé, les filles, le devoir vous appelle ! a annoncé Jerry.

Il a appuyé sur un gros bouton rouge et nous avons été propulsées dans les airs.

Aaaaaaaaaaah !

Chapitre 3

12h53

Base spatiale internationale

Quelques secondes plus tard, nous avons atterri pile sur le lieu de notre mission, dans nos combinaisons d'espionnes, avec nos jet-sac à dos, s'il vous plaît ! Décidément, on n'arrête pas le progrès au WOOHP.

— Regardez ! s'est exclamée

Alex. La navette flotte au-dessus du sol.

J'ai levé la tête pour constater :

— On dirait qu'elle est bloquée dans une sorte de champ de force.

Comme d'habitude, Sam a conclu :

— C'est bizarre, très, très bizarre. Allons voir ça de plus près.

Nous avons décollé illico avec nos jet-sac à dos, mais le problème, c'est qu'on ne pouvait pas avancer plus près, justement. Un bouclier invisible d'une puissance phénoménale nous empêchait d'approcher la navette. Nos jet-sac à dos avaient du mal à nous maintenir dans les airs.

— Je vais essayer de contrer le champ de force avec mon Tornado 9 000 pour faire atterrir la navette,

a décidé Sam. Écartez-vous, les filles, ça risque d'être dangereux.

Soudain un cri perçant a retenti :

— Aaaah, au secours, je tombe !

Le jet-sac à dos d'Alex avait lâché, elle allait s'écraser au sol.

Heureusement, le mien fonctionnait encore, je me suis élancée à son secours.

— Tiens bon, Alex, j'arrive !

J'ai foncé et je l'ai rattrapée de justesse… sinon elle aurait fini aplatie comme une crêpe sur la piste de la base spatiale.

Alors qu'elle était dans mes bras, Alex m'a chuchoté :

— Oh, merci, Clover. Tu m'as sauvé la vie ! Tu mériterais qu'on te laisse la grande chambre.

J'étais tellement contente que j'ai bien failli la lâcher.

— Waouh, trop cool ! Enfin… il faut encore convaincre Sam.

Justement, j'ai levé le nez pour voir comment notre grande professionnelle de la coiffure s'en sortait.

— Alors, ça avance, ce brushing ?

Visiblement non, car malgré le souffle surpuissant du Tornado 9 000, la navette flottait toujours dans les airs. Par le hublot, on voyait les astronautes terrifiés qui hurlaient.

— Je n'y arrive pas, a crié Sam. Je vais passer en mode turbo.

Cramponnée à son sèche-cheveux, elle a envoyé toute la puissance. Rien à faire, la navette ne bougeait pas d'un pouce.

Sam ne savait plus quoi faire, et

ça ne lui arrive pas souvent, je peux vous le dire. Elle a soupiré, abattue :

— Je ne comprends pas, ce champ de force résiste à tout.

Pour une fois, c'est Alex qui a eu une idée géniale (d'habitude, c'est toujours moi, le génie, dans l'histoire !).

— Il ne nous reste qu'une solution : envoyer un échantillon à Jerry pour qu'il nous dise de quoi il s'agit.

Elle a alors absorbé un extrait du champ de force, grâce à sa montre labo-scanner.

Nous étions donc occupées à regarder comment fonctionnait ce nouveau gadget de haute-technologie quand, tout à coup, la navette a commencé à redescen-

dre, tout doucement. Puis elle est venue se poser tranquillement sur la rampe de lancement.

Je n'en revenais pas.

— Ce n'est pas possible ! Qu'est-ce qui se passe ?

— Ça alors, le champ de force disparaît de lui-même, a remarqué Sam.

Alex était hors d'elle.

— Ça veut dire qu'on s'est donné tout ce mal pour rien ?

Dès que la porte de la navette s'est ouverte, les astronautes se sont jetés dans nos bras.

— Vous nous avez sauvé la vie !

— Je ne sais pas comment vous remercier…

Je me suis laissé faire même si nous n'y étions pour rien. Il faudrait être folle pour refuser un bai-

ser de la part de si beaux jeunes hommes…

Mais soudain une jeep est arrivée, dans un crissement de pneus. Un homme qui portait l'uniforme de la base spatiale en est descendu, hors d'haleine :

— Quelqu'un vient de nous voler notre satellite auto-propulsé !

Sam a posé les poings sur ses hanches, furieuse.

— J'en étais sûre, le coup de la navette servait à faire diversion. Le voleur a profité que nous étions occupées ici pour dérober le satellite !

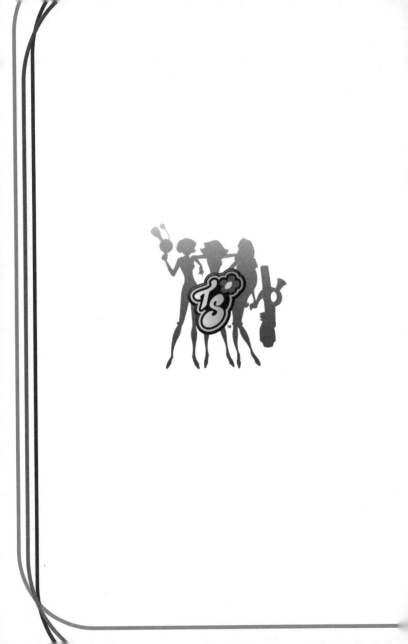

Chapitre 4

12h28

Cafétéria du lycée de Beverly Hills

Le lendemain, à midi, devant nos plateaux-repas de la cafét, nous cherchions toujours comment régler le problème capital de l'attribution des chambres.

— Bon, alors on joue à ciseaux, papier, caillou, ai-je suggéré.

Alex a secoué la tête.

— Non, tu vas encore tricher.

— On ne peut pas tricher à ce jeu, voyons, me suis-je défendue.

— Si, a affirmé Sam, toi, tu en es capable.

— Vous avez une autre proposition ?

— Je pense qu'on devrait se concentrer sur notre mission, a décrété Alex.

J'ai ouvert de grands yeux.

— Comment peux-tu penser à cette histoire de satellite disparu alors qu'on ne sait toujours pas qui va avoir la grande chambre !

Soudain, un ricanement que je ne connaissais que trop bien a retenti dans mon dos.

C'était cette peste de Mandy ! En voilà une que j'aurais bien lancée en orbite autour de la planète Mars.

— Hé, Clover, tu es sûre que la loi n'interdit pas de porter des tenues aussi ringardes ? a-t-elle gloussé.

J'allais lui envoyer une réponse bien sentie, mais elle m'a coupée :

— Oups, garde ta réplique au chaud, j'ai la tête ailleurs pour le moment, a-t-elle susurré, fascinée par les muscles d'un gros bêta qui passait par là.

Mais je n'ai jamais eu l'occasion de répliquer parce que, pendant qu'elle avait le dos tourné, Jerry nous a woohpées. Oui, il nous a aspirées comme ça, en plein milieu de la cafétéria.

J'imagine la tête qu'a faite Mandy en découvrant qu'on avait disparu. Ha, ha, ça lui apprendra !

À peine le temps de dire « ouf ! »

et nous nous sommes retrouvées à cinq mille mètres d'altitude, dans l'avion du WOOHP.

— Je n'interromps rien d'important, j'espère ? a demandé Jerry, toujours courtois.

Beaucoup moins courtoisement, j'ai hurlé :

— Non, nous décidions juste du devenir de nos existences, c'est tout !

— Parfait, ça attendra, dans ce cas, a déclaré calmement notre chef.

Ça alors, quel culot !

— Bien, a repris Jerry, l'échantillon que vous m'avez fait parvenir provient d'une formule anti-gravité que l'agence spatiale expérimentait dans les années quatre-vingt.

— Et vous nous avez dérangées pour ça ! ai-je grommelé.

Là, il a fallu que Sam ramène sa science :

— Attendez une minute, c'est très intéressant. J'ai lu un article là-dessus : l'astronaute qui testait la formule n'est jamais rentré de mission et le programme a été abandonné.

Heureusement, une voix de robot a interrompu son numéro de Mlle-Je-sais-tout.

« Alerte rouge dans le secteur 4 ! » a annoncé l'ordinateur de bord.

— On nous signale un cambriolage dans un centre qui fabrique des systèmes de guidage, a expliqué Jerry. Regardez la vidéo de surveillance.

Sur l'écran, nous avons vu un

homme vêtu d'une sorte de combinaison spatiale qui pénétrait dans
le laboratoire, ni vu, ni connu,
malgré les rayons de détection.

— C'est fou, comment s'y
prend-il pour ne pas déclencher le
système d'alarme ? s'est étonnée
Alex.

Jerry nous a souri.

— Ça, c'est à vous de me le dire,
les filles ! Je vous dépose ?

— Une seconde, ai-je protesté, on n'a toujours pas décidé qui aurait la plus grande chambre.

— J'ai une solution, a annoncé Jerry.

— Ah, laquelle ? avons-nous demandé en chœur.

Là, il a appuyé sur un gros bouton rouge et le sol s'est ouvert sous nos pieds. Aaaaaaaah !

Chapitre 5

15h53
Centre d'études en systèmes de guidage

Nous avons atterri en douceur près du laboratoire qui venait d'être cambriolé. Avec un peu de chance, nous allions pouvoir surprendre le voleur. Mais, dès l'entrée, nous avons rencontré un problème de taille : le hall était quadrillé de faisceaux de détection laser.

— On ne peut pas avancer, un seul faux pas et l'alarme se déclenche, a soupiré Sam.

Comme je sortais mon com-poudrier, elle s'est indignée :

— Le moment me semble mal choisi pour se refaire une beauté, Clover !

— D'abord, sache qu'il n'y a pas de mauvais moment pour se remaquiller et que, de toute façon, je comptais utiliser le miroir pour dévier les rayons et nous frayer un passage ! ai-je répliqué.

— C'est une idée totalement géniale ! s'est exclamée Sam, épatée.

Malheureusement, lorsque j'ai voulu renvoyer les rayons avec mon miroir, ils se sont multipliés. Il y en avait partout, un vrai filet de pêche !

— Oups, désolée !

— Je retire ce que j'ai dit, a râlé
Sam. C'est une idée totalement
idiote.

Sans prévenir, Alex a reculé de
quelques pas pour prendre son
élan.

— Attendez, je vais essayer autre
chose.

Et là, comme une acrobate de

cirque, elle a enchaîné roues, roulades, rondades et autres figures de gymnastique. Comme elle s'entraîne beaucoup en arts martiaux, elle est souple comme une anguille et n'a eu aucun mal à se faufiler entre les rayons détecteurs.

Une fois arrivée de l'autre côté, elle a déclaré d'un ton modeste :

— Voilà, je pensais à quelque chose comme ça.

— Bon, ben, y a pu qu'à, ai-je murmuré.

Sam et moi, nous avons suivi son exemple avec un peu moins de brio, car nous sommes légèrement moins souples, il faut bien l'avouer. Enfin, le principal, c'est que nous avons franchi la barrière de détection, puis débouché dans la salle de contrôle du labo. Tous les

employés flottaient en apesanteur,
pris dans un champ de force.

— Hum, notre voleur a trouvé
une technique radicale pour se
débarrasser de ceux qui le gênent,
a constaté Sam. Il les prive de gravité, grâce à la fameuse formule.

— Ça doit être rigolo de flotter
dans les airs comme ça, a remarqué Alex. J'aimerais bien essayer…

Je l'ai tirée par le bras.

— Eh bien, pour l'instant, on n'a pas trop le temps de s'amuser. J'ai entendu un bruit, venez !

C'était un drôle de son, comme un souffle : psscchhh ! Il nous a guidées jusqu'à une salle immense.

— Regardez, c'est l'homme que nous avons vu sur l'écran de vidéo-surveillance ! me suis-je exclamée. Il faut l'attraper !

Il y avait juste un petit détail gênant, c'était que, grâce à sa combinaison d'astronaute, le bonhomme volait dans les airs en faisant pschh-pschh !

— Voilà comment il a réussi à échapper aux faisceaux de détection ! a constaté Sam.

Nous avons voulu le coincer, mais dès que nous sommes entrées dans la pièce, nous avons quitté le

sol… comme si nous ne pesions plus un gramme ! Alex faisait des galipettes dans les airs, tandis que Sam nous faisait un petit cours de physique, la tête en bas.

— Nous sommes en apesanteur ! Grâce à la formule, monsieur le cosmonaute a annulé la gravité de cette pièce.

Ça commençait à m'énerver, cette histoire.

— N'empêche que je vais lui régler son compte, à ce rigolo avec son bocal à poissons sur la tête ! ai-je hurlé.

Mais c'était plus facile à dire qu'à faire, car son atroce combinaison munie de propulseurs lui permettait de se diriger où il voulait, alors que nous flottions dans les airs sans pouvoir contrôler nos déplacements. Quand j'ai voulu l'attraper, il m'a esquivée et j'ai lamentablement fini ma course dans le mur.

— Attention, il s'échappe ! ai-je gémi en me frottant le crâne.

— Pas de panique, je vais lui lancer un micro-émetteur pour qu'on puisse le repérer, a crié Alex.

En se cramponnant à une console de commande pour ne pas s'envoler, elle a mis le pistolet lance-mouchard dans sa bouche et a visé le gros méchant avant qu'il ne s'enfuie pour de bon.

— Touché ! Bravo !

Mais la pauvre Alex toussait tant qu'elle pouvait.

— Pouarc ! C'est infâme, ce truc ! Il faudrait le parfumer au chocolaa-aaaaaaaah !

En toussant, elle avait lâché la console à laquelle elle s'agrippait. Alex s'envolait, aspirée par le sys-

tème de climatisation. Le gros ventilateur allait la trancher en rondelles comme un concombre !

— Ne t'en fais pas, je te tiens ! a hurlé Sam en lui attrapant le pied.

Mais elle a été entraînée, elle aussi.

Il ne restait plus que moi pour les sauver. N'écoutant que mon courage, j'ai accroché ma ceinture-élastique à une grosse machine fixée au sol et je suis allée chercher mes amies, au péril de ma vie !

— Accrochez-vous au câble pour avancer, comme des alpinistes en montagne, ai-je ordonné. On va essayer de sortir de la salle pas à pas.

Ma super technique a fonctionné. Une fois dans le couloir, lorsque nous avons retrouvé la terre ferme, les filles m'ont serrée dans leurs bras.

— Oh, merci ! Clover ! On te revaudra ça !

— Oui, demande-nous tout ce que tu voudras, a affirmé Sam.

— Eh bien… Vous pourriez me laisser la grande chambre…

— CLOVER !!!

Chapitre 6

I6h22
Au cœur du désert

Après toutes ces émotions, il fallait encore retrouver l'astronaute fou. Le signal du micro-émetteur nous a conduites en plein cœur du désert.

— Je ne comprends pas, se lamentait Sam. Il y a deux points qui clignotent sur mon com-poudrier. Comme si un des émetteurs était tout près de nous…

— Ce doit être une erreur de fabrication, ai-je assuré, il faudra prévenir Jerry.

Alex est devenue toute rouge.

— Euh, non, c'est ma faute. Je crois que j'ai avalé un émetteur en mettant le lance-mouchard dans ma bouche…

Sam lui a lancé un regard noir.

— Et il est où ?

Alex a montré son estomac du doigt.

— Là !

— Eh bien, tu n'as qu'à manger un kilo de pruneaux et hop ! le tour est joué ! ai-je conseillé.

Cette fois, c'est moi que Sam a fusillée du regard.

— C'est bon, on peut quand même plaisanter !

En m'ignorant royalement, elle a repris :

— D'après le signal du second mouchard, notre homme doit se trouver dans ces rochers. En route !

Toutes penaudes, Alex et moi, nous l'avons suivie. C'était un décor très étrange : une grande plaine rouge, avec d'immenses rochers ocre. On se serait crues sur une autre planète.

— Je me demande bien pourquoi il veut installer un système de guidage satellite en plein désert, a remarqué Alex.

— Il en a peut-être assez de ne pas recevoir correctement la télé. Moi, sans les chaînes satellites, je ne sais pas ce que je deviendrais…

— Tais-toi, Clover. On approche.

C'est ça que je déteste chez Sam. En mission, elle n'est vraiment pas rigolote. Mais je me suis tue car, derrière les rochers, nous avons découvert… une vieille navette spatiale !

Si, je vous jure, le vaisseau de Star Wars échoué en plein désert. Nous

sommes entrées prudemment à l'intérieur.

— Waouh ! Pas mal, la déco ! s'est exclamée Alex.

Bof, moi, je trouvais que ça datait un peu. En plus, celui qui vivait ici ne devait pas être une fée du logis, car il y avait plein de trucs qui traînaient par terre.

— Je sais ! me suis-je exclamée. Puisque ça vous plaît, Sam et toi, vous emménagez ici. Et moi, je prends la grande chambre à la maison.

— Ne dis pas de bêtises, a cinglé Sam en ramassant un morceau de papier par terre. Tiens, tiens, voilà qui est intéressant.

Je me suis penchée pour regarder la photo.

— Avec une coupe de cheveux

pareille, pas étonnant qu'il se cache !

Sam a poursuivi sa lecture :

— C'est lui ! Il s'agit bien de l'astronaute responsable du programme anti-gravité. L'article dit que…

Une voix caverneuse a tonné au-dessus de nos têtes :

— « Le major Smell a tragiquement disparu lors d'une mission d'expérimentation bla, bla, bla… » Ils m'ont abandonné, oui ! Tout seul dans l'espace ! Mais l'heure de la vengeance a sonné, le monde va connaître les souffrances que j'ai endurées !

Il avait l'air sévèrement secoué, l'astronaute.

Je me suis jetée sur lui, mais une fois de plus, il m'a esquivée. Sam et

Alex ont essayé de le prendre en tenaille : rien à faire, il était enragé ! Nous nous sommes battues comme des lionnes. Je n'exagère pas, le WOOHP nous a formées aux meilleures techniques de combat. Mais avec sa combinaison à propulseurs, le major Smell était insaisissable. Il a fini par nous capturer et nous a attachées toutes les trois au satellite qu'il avait dérobé sur la base spatiale.

— Ce satellite auto-guidé avec à son bord mon générateur anti-gravité se mettra en orbite autour de la Terre ! Ce sera ma vengeance : je vais priver la population mondiale de la gravité.

Avec un ricanement dément, il a appuyé sur un gros bouton rouge (je déteste les gros boutons rouges !).

— Bon voyage, mesdemoiselles !

Le satellite a décollé. Ce fou avec son bocal sur la tête nous avait carrément envoyées dans l'espace !

Chapitre 7

17 h 10
Quelque part dans l'espace

Ça n'allait pas du tout, mais pas du tout, du tout. Avec le WOOHP, j'ai l'habitude d'être éjectée au milieu des nuages, larguée en pleine mer, expédiée au fin fond de la jungle… mais être envoyée dans l'espace, ça ne m'était jamais arrivé ! Jamais.

— Il faut qu'on fasse quelque chose, ai-je dit entre mes dents, crispée comme j'étais.

— Oui, mais quoi ? a pleurniché Alex.

J'ai remarqué que Sam se tortillait dans tous les sens.

— Tu fais des abdos, Sammie ?

— Non, je me débrouille pour que les flammes du réacteur brûlent la corde qui me ligote.

J'ai beau dire, elle est quand même sacrément intelligente, notre Sam. En moins de temps qu'il n'en faut pour le dire, elle s'est libérée et elle est venue nous détacher.

— Vite, le satellite commence déjà à émettre des rayons anti-gravité. Vous imaginez la panique sur la Terre ?

— Il faut faire quelque chose, ai-je répété.

— Oui, mais quoi ? a sangloté Alex.

J'avais l'impression d'avoir déjà vécu cette scène. Heureusement, une fois encore, Sam est intervenue :

— Ce satellite doit bien avoir un programme qui le fait fonctionner, il suffit de le déprogrammer. Clover, tu t'en charges, pendant qu'Alex et moi, on retourne sur Terre pour capturer le major Smell.

Ben, voyons ! Je n'ai même pas eu le temps de protester, elles avaient déjà filé avec leurs jet-sac à dos.

J'étais toute seule dans l'espace, cramponnée à un gros monstre d'acier qui menaçait la planète entière, et il fallait que je le désactive. Moi qui ne sais même pas taper 2+2 sur une calculatrice. Pas de problème !

Je me suis glissée à l'intérieur du satellite en rampant. C'est bien simple, il n'y avait que des bou-

tons, des boutons et des boutons.
Des rouges, des bleus, des verts.
Des qui clignotent, des qui ne cli-
gnotent pas. Et j'étais censée
déprogrammer cette machine.
Bien, bien, bien…

Soudain, j'ai eu une illumina-
tion. Un éclair de génie. J'ai vu un
truc qui ressemblait à un magné-

toscope. Une fente avec un gros bouton à côté. J'ai appuyé dessus… et une sorte de bidule rectangulaire en est sorti.

Il y a eu une série de bips stridents, une voix de synthèse a articulé : « Mise en orbite déprogrammée » et le satellite a commencé à redescendre vers la Terre.

Mission accomplie !

Il est venu sagement se poser dans le désert près du repaire du major Smell. Pendant ce temps, les filles avaient réussi à le coincer.

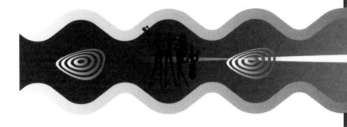

Sam le tenait en joue avec le Tornado 9 000. Sa combinaison à propulseurs n'était pas assez puissante pour lutter contre le souffle du sèche-cheveux. Il était immobilisé. J'en ai profité pour lui faire un petit discours :

— Merci, major ! J'ai adoré ce petit voyage dans l'espace. La

Terre est tellement belle, vue du ciel. Mais j'ai préféré annuler votre programme anti-gravité. Sans pesanteur, impossible de réussir un brushing correct, et ça, c'est intolérable, ai-je déclaré.

— On te laisse le plaisir de le ligoter, m'a dit Alex.

J'ai donc saucissonné notre astronaute avec une bonne vieille corde, au cas où il tenterait de s'envoler à nouveau.

— Et voilà, mission totally réussie ! s'est exclamée Sam. J'ai hâte de dire à cette peste de Gladis qu'on n'a pas eu besoin de sa lime.

— Ouille ! ai-je gémi.

— Qu'est-ce qu'il y a ? s'est inquiétée Alex.

— Je crois que je vais en avoir

besoin, justement, je viens de me casser un ongle en faisant un nœud !

Chapitre 8

10 h 00

Villa des Spies

— Si, si, Clover, tu l'as bien mérité ! a affirmé Sam.

— Tu nous as sauvé la vie, a renchéri Alex.

— Tu as même sauvé l'humanité tout entière, a corrigé Sam. C'est de bon cœur qu'on te laisse la plus grande chambre.

— Vous êtes trop chou, les filles !

Je leur ai sauté au cou et nous avons toutes hurlé en chœur :

— Amies pour la vie !

Après quoi j'ai vite filé défaire mes cartons avant qu'elles ne changent d'avis.

Génial, j'avais la plus grande, la plus belle, la plus somptueuse chambre de la villa ! C'était normal, après tout, ne suis-je pas la plus canon, la plus sexy, la plus cool des Spies !

Je chantonnais toute seule :

— Qui est-ce qui a la plus belle chambre ? C'est Clover ! Tralalala lala lalère ! Tiens, voyons si j'ai vue sur la mer…

Je suis allée à la fenêtre pour remonter le store. Et là… CATASTROPHE ! Je me suis retrouvée nez à nez avec…

Je vous laisse deviner.

Non, pas Madonna.

Ni Britney Spears. Non, non, non. Cherchez encore.

Une fille de mon lycée.

Mon ennemie jurée…

Mandy ! Ma nouvelle voisine ! ! !

Table

Dans la même collection…

Cinq collégiennes
douées de pouvoirs
surnaturels.

Mini, une petite fille
pleine de vie !

Fantômette,
l'intrépide
justicière.

Avec le Club des Cinq,
l'aventure est toujours
au rendez-vous.

Pour Futékati,
résoudre les énigmes
n'est pas un souci.

Dagobert,
le petit roi
qui fait tout à l'envers.

Cédric, les aventures
d'un petit garçon bien
sympathique.

Esprit Fantômes, les
enquêtes d'une famille
un peu farfelue.

Imprimé en France par **Partenaires-Livres®**
n° dépôt légal : 55913 - avril 2005
20.20.1028.01/8 ISBN : 2-01-201028-8
Loi n° 49-956 du 16 juillet 1949
sur les publications destinées à la jeunesse